Analyse d'œuvre

Rédigée par Niels Thorez

Antigone

de Jean Anouilh

JEAN ANOUILH   5

ANTIGONE   7

LA VIE DE JEAN ANOUILH   9
L'appel précoce du théâtre
Les blessures de l'après-guerre

RÉSUMÉ D'*ANTIGONE*   13
Une charogne
Macabre rendez-vous
« Ô tombeau ! Ô lit nuptial ! »

L'ŒUVRE EN CONTEXTE   17
Antigone : une pièce de guerre
Le théâtre sous l'Occupation
Un théâtre de transition ?

ANALYSE DES PERSONNAGES   20
Antigone
Créon
Ismène
Hémon
La nourrice
Les (trois) gardes

ANALYSE DES THÉMATIQUES   24
Un mythe démystificateur
L'*agôn*

STYLE ET ÉCRITURE — 33

Poétique d'*Antigone*

Structure de la pièce

LA RÉCEPTION D'*ANTIGONE* — 40

Succès public et reconnaissance critique

La polémique

Un « classique »

BIBLIOGRAPHIE — 45

JEAN ANOUILH

- Né en 1910 à Bordeaux.
- Mort en 1987 à Lausanne (Suisse).
- **Quelques-unes de ses œuvres :**
    - *Antigone* (pièce de théâtre, 1944)
    - *La Répétition ou l'Amour puni* (pièce de théâtre, 1950)
    - *Becket ou l'Honneur de Dieu* (pièce de théâtre, 1959)

> « [J]'étais seul. Seul avec cette angoisse d'avoir bientôt vingt ans, cet amour du théâtre et toute cette maladresse. » (ANOUILH (Jean), « À Jean Giraudoux », in VANDROMME (Pol), *Jean Anouilh. Un auteur et ses personnages*, Paris, La Table Ronde, 1965)

Dès l'adolescence, Jean Anouilh écrit ses premières pièces à l'imitation de Jean Rostand (1894-1977) et d'Henry Bataille (1872-1922). Pourtant, à bientôt 20 ans – c'est aussi l'âge de son Antigone –, il est saisi d'angoisse. Les études ne l'enthousiasment guère et, déjà, il faut gagner sa vie. Mais, sans maître, l'apprenti dramaturge s'impatiente et s'enlise. « Quel sera-t-il, mon bonheur ? » (p. 662), s'interroge-t-il. Et puis, une nuit de printemps où, mêlé au Tout-Paris, il découvre le *Siegfried* de Jean Giraudoux (1882-1944), le jeune Bordelais a sans doute percé le secret de la pièce bien faite. Dès lors, en artisan consciencieux, il travaille chaque jour au perfectionnement de son théâtre. Avec ses ciseaux, il découpe dans le répertoire dramatique classique – de Sophocle (495-406 av. J.-C.) à Pirandello (1867-1936), en passant par Molière (1622-1673) – pour composer une œuvre bigarrée, tel « un patchwork d'influences diverses » (BARUT (Benoît) et LE CORRE (Élisabeth) (dir.), *Jean Anouilh. Artisan du théâtre*, Rennes, Presses universitaires de Rennes, 2013, p. 11).

Dans les années trente et quarante, les pièces « roses » (*Léocadia*, *Le Rendez-vous de Senlis*, etc.), « noires » (*Antigone, Eurydice, La Sauvage, Le Voyageur sans bagage*, etc.) et « brillantes » (*L'Invitation au château, La Répétition ou l'Amour puni*, etc.) comblent, sur un ton tantôt satirique et grave, tantôt léger et fantaisiste, les attentes d'un public toujours friand de divertissements.

Mais, après la guerre, la rancœur – son *Antigone* a parfois été qualifiée d'œuvre fasciste – et le pessimisme du dramaturge enfantent des pièces « grinçantes » (*Ornifle ou le Courant d'air, Pauvre Bitos ou le Dîner de têtes*, etc.) où désormais l'auteur règle ses comptes avec ses détracteurs et avec une société qu'il estime corrompue. Dès 1954, Roland Barthes (critique littéraire, 1915-1980) qualifie son théâtre de « rétrograde » (BARTHES (Roland), *Œuvres complètes. Tome I*, Paris, Seuil, 2002, p. 504), tandis que la critique le brocarde tantôt au nom de l'impératif sartrien – le théâtre d'Anouilh n'est pas engagé –, tantôt au nom des nouveaux dramaturges qui, dans les petites salles parisiennes, bouleversent déjà les normes esthétiques du théâtre. Dès lors, quoiqu'il remporte encore de grands succès publics (*Becket ou l'Honneur de Dieu, Ne réveillez pas Madame*, etc.), Anouilh apparaît peut-être déjà comme « un auteur de transition » (GUÉRIN (Jeanyves), « Fortunes et infortunes d'un auteur heureux », in *Revue d'histoire littéraire de la France*, Presses universitaires de France, vol. 110, n °4, 2010, p. 771-775).

ANTIGONE

- **Genre :** théâtre.
- **1re édition :** en 1946.
- **Édition de référence :** BEUGNOT (Bernard) (éd.), *Théâtre. Tome 1*, Paris, Gallimard, coll. « Bibliothèque de la Pléiade », 2007.
- **Personnages principaux :**
  - Antigone, orgueilleuse et sauvage, la fille d'Œdipe et de Jocaste, brave l'interdit du roi Créon pour ensevelir son frère ;
  - Créon, souverain « sans histoire », dévoué au bien de la cité, l'oncle d'Antigone, est prisonnier de son propre pouvoir et de sa propre loi.
- **Thématiques principales :** la querelle des générations, la pureté de l'enfance, la corruption de la vieillesse, la démystification, l'absurdité, le pouvoir, le théâtre dans le théâtre, etc.

« La pièce de Sophocle m'avait fortement impressionné quand j'avais 14 ou 15 ans. Je peux dire que, dès ce moment, je fus habité par Antigone. Cela devait évidemment finir par une pièce », se souvient Jean Anouilh (DULIÈRE (André), « Entretien avec Jean Anouilh », in *Rencontres avec la gloire*, Louvain-La-Neuve, Duculot, 1959). Et de fait, si l'*Antigone* d'Anouilh est créée le 13 février 1944 au théâtre de l'Atelier, son œuvre antérieure contient d'ores et déjà quelques héros épris de pureté, tentant d'échapper aux compromissions de la vie quotidienne et qui, comme la Thérèse de *La Sauvage* (1938), annoncent la figure d'Antigone. Sous l'Occupation allemande (1940-1944), s'emparant du mythe antique, Jean Anouilh trouve un terrain propice au développement de ses thèmes obsédants, et notamment, l'opposition entre un idéal intransigeant de perfection, de justice et de vérité – celui de la jeunesse –, et l'acceptation résignée d'une vie médiocre qui cède trop aux mensonges et aux laideurs d'une vieillesse décrépie.

Pourtant, en 1944, Anouilh, emporté peut-être par son pessimisme, réhabilite la figure d'un Créon qui n'est plus le tyran de Sophocle ; au terme de la pièce, Anouilh renvoie ses protagonistes dos à dos : Antigone concède que Créon avait raison, tandis que celui-ci affirme qu'il faudrait ne jamais devenir grand... Or, dans ce contexte belliqueux, la pièce n'a pas échappé aux lectures circonstancielles et, si le public a largement considéré Antigone comme l'incarnation de la Résistance face à un pouvoir injuste et tyrannique, une frange de la critique a cru déceler dans la pièce une certaine connivence avec le régime de Vichy (1940-1944). De fait, si *Antigone* constitue aujourd'hui un « classique » étudié par des générations d'écoliers, elle a d'abord été une œuvre polémique.

LA VIE DE JEAN ANOUILH

> « Il arrive qu'on me demande si je connais Jean Anouilh et je réponds par un oui mal assuré, un oui avec trois points au bout. Si on me pousse très fort, j'ajoute qu'il a de fort beaux yeux, des lunettes, une moustache blonde et qu'il porte la raie sur le côté. Si je n'en dis pas plus, c'est que, pour le reste, je ne suis vraiment sûr de rien. » (AYMÉ (Marcel), « Jean Anouilh le mystérieux », in *Livres de France*, octobre 1960)

Jean Anouilh est à ce point discret et mystérieux que, si l'œuvre a fait l'objet de nombreux commentaires, l'homme est encore largement méconnu. Et s'il s'en félicite – « Je n'ai pas de biographie et j'en suis très content » (lettre à Hubert Gignoux citée dans GIGNOUX (Hubert), *Jean Anouilh*, Paris, Temps présent, 1946) –, c'est qu'il s'est entièrement dédié à son œuvre et n'a voulu être jugé qu'à travers elle.

L'APPEL PRÉCOCE DU THÉÂTRE

Jean Anouilh est né le 23 juin 1910, à Bordeaux. Dès 1918, la famille Anouilh – le père, François, est tailleur ; la mère, Marie-Magdeleine, est pianiste d'orchestre – s'installe à Paris. Quatre ans plus tard, au moment même où Jean Cocteau (1889-1963) donne son *Antigone* au théâtre de l'Atelier, l'adolescent compose sa première pièce sur le modèle d'Edmond Rostand. L'auteur de *Cyrano de Bergerac* lui inspire encore les vers de quelques comédies héroïques et la publication d'un premier texte dans *L'Heure joyeuse* : « Coq-à-l'âne dédié aux gens raisonnables ». Au lycée Chaptal, Jean Anouilh rencontre Jean-Louis Barrault (comédien et metteur en scène, 1910-1994) qui, des années plus tard, mettra en scène l'une de ses plus grandes pièces au théâtre Marigny : *La Répétition ou l'Amour puni*. À l'université, il engage des études de droit qu'il interrompt au bout de 18 mois pour commencer à travailler. Le métier de publicitaire, qu'il exerce au côté de Jean

Aurenche (scénariste, 1903-1992) et de Jacques Prévert (poète et scénariste, 1900-1977), constitue alors pour lui une école de la concision et de la précision.

Anouilh lit Paul Claudel (1868-1955), Luigi Pirandello et George Bernard Shaw (1856-1950). Mais c'est en 1928 qu'il se découvre un maître : un beau soir de printemps, depuis le poulailler, il assiste, bouleversé, à une représentation du *Siegfried* de Jean Giraudoux. C'est une révélation. À 20 ans, il devient secrétaire de la Comédie des Champs-Élysées et, en parallèle, perfectionne son théâtre. En 1932, il installe Monelle Valentin (comédienne, 1905-1979) dans un appartement de la rue Vaugirard. Le couple vit pauvrement parmi les meubles factices prêtés par Louis Jouvet (acteur et metteur en scène, 1887-1951) – ceux du *Siegfried* de Giraudoux ! La jeune actrice lui inspire alors les héroïnes menues et révoltées de ses premières pièces. Au théâtre, elle incarne Barbara (*Le Rendez-vous de Senlis*), Eurydice ou encore Antigone.

Désormais, la vie de Jean Anouilh se confond avec son œuvre. Et les premiers succès ne se font pas attendre : *Le Voyageur sans bagage* (1937), *Le Bal des voleurs* (1938), *Le Rendez-vous de Senlis* (1941), etc. Avant la guerre et sous l'Occupation, il est l'une des figures de proue du théâtre français, porté par les meilleurs acteurs et les plus grands metteurs en scène (Georges Pitoëff, 1884-1939 ; André Barsacq, 1909-1973).

LES BLESSURES DE L'APRÈS-GUERRE

En 1940, Jean Anouilh est mobilisé et, fait prisonnier, est maintenu captif pendant deux mois. Deux ans plus tard, au comble des persécutions antisémites, il cache chez lui l'épouse d'André Barsacq, Mila. Les temps sont difficiles. Pourtant, c'est aux dernières heures de l'Occupation et dans l'immédiat après-guerre qu'il se voit infliger les plus profondes blessures. En février 1944, la critique s'interroge sur la portée politique d'*Antigone*. Les soupçons pèsent sur celui qui, de 1939 à 1942, a livré quelques textes à des journaux antisémites et collaborationnistes tels qu'*Aujourd'hui*, *Je suis partout* ou *La Gerbe*. À la Libération, les excès de l'épuration – judiciaire et extra-judiciaire – l'émeuvent encore davantage. La France règle ses comptes avec les collaborateurs : arrestations, condamnations et exécutions se multiplient. Jean Anouilh exècre partout « la lâcheté » et « la délation » : « Je suis d'un coup devenu vieux en 1944, voyant la France ignoble », déplore-t-il (cité dans BEUGNOT (Bernard) (éd.), *Théâtre. Tome 1*. Début 1945, épargné par la commission du Comité national des écrivains), Anouilh – et d'autres personnalités comme Marcel Aymé, Albert Camus (1913-1960), Paul Claudel, François Mauriac (1885-1970), Paul Valéry (1871-1945), etc. – réclame la grâce de Robert Brasillach (1909-1945). Mais le rédacteur en chef de *Je suis partout* est finalement fusillé le 6 février.

En 1947, installé en Suisse, Jean Anouilh retrouve la paix. Dès 1948, il prend ses distances avec André Barsacq et le théâtre avant-gardiste de l'Atelier. Il s'installe au théâtre Montparnasse et à la Comédie des Champs-Élysées. À compter de ce moment, Anouilh travaille à sa propre mise en scène – en collaboration avec Roland Piétri (1910-1986) – et prend une part active dans les répétitions. Dans les années cinquante, les « pièces roses » des débuts sont derrière lui : le pessimisme et les rancunes politiques nourrissent désormais une critique acerbe de la société. Ainsi, avec *Pauvre Bitos ou le Dîner de têtes* (1956), l'auteur règle à nouveau ses comptes avec ceux qui, dix ans auparavant, l'avaient accusé de collaboration. Dès lors, s'il continue d'alimenter la polémique, Anouilh conserve les faveurs de son public. En 1959, il triomphe encore avec *Becket ou l'Honneur de Dieu*. Louée unanimement par la critique, adaptée à l'écran – avec

Peter O'Toole (1932-2013) et Richard Burton (1925-1984), en 1964 –, la pièce tient l'affiche pendant près de deux ans. La même année, il est récompensé par le prix Dominique de la mise en scène.

S'il s'octroie une parenthèse dans les années soixante, c'est pour mieux revenir à la scène avec des succès tels que *Ne réveillez pas Madame* (1970), *Chers Zoiseaux* (1976) ou *Le Nombril* (1980). Son œuvre prolifique reçoit alors tous les honneurs : prix mondial Cino del Duca (1970), prix du Brigadier (1971), Grand Prix du théâtre (1980) attribué par l'Académie française, etc. Comblé, Jean Anouilh, dramaturge, metteur en scène mais aussi traducteur et homme de cinéma – il a écrit de nombreux dialogues et scénarios de films –, s'éteint à Lausanne, le 3 octobre 1987.

RÉSUMÉ D'*ANTIGONE*

UNE CHAROGNE

À Thèbes, les fils du roi Œdipe se sont entretués aux portes de la ville. À tour de rôle, l'un et l'autre devaient régner sur la cité mais, lorsqu'au terme de la première année, l'aîné (Étéocle) a refusé le trône à son cadet (Polynice), la guerre a éclaté et les deux frères se sont mutuellement embrochés. Dès lors, les deux dépouilles ont connu des fortunes diverses. À Étéocle, le défenseur de Thèbes, ont été réservées des funérailles grandioses. Enfants, femmes et vieillards se sont apitoyés sur son tombeau de marbre. À Polynice, le traître, les rites funéraires ont été refusés. Son corps, laissé sans sépulture, pourrit maintenant à l'écart de la ville, abandonné aux charognards. Et Créon, le nouveau roi, a proclamé sa loi : « Quiconque osera lui rendre les devoirs funèbres sera impitoyablement puni de mort. » (p. 631)

L'histoire débute alors même que le vent ramène les exhalaisons putrides aux fenêtres de Thèbes. Trois gardes veillent la charogne, les paupières lourdes et le corps courbaturé : ce sont Boudousse, Durand et Jonas. Le matin vient et ils discutent pour ne pas céder au sommeil lorsque, soudain, ils sont mis en alerte. Quelqu'un a recouvert le corps de Polynice ! Juste ce qu'il faut de terre pour le soustraire à l'œil des vautours. Aux abords du cadavre, l'on voit des empreintes légères et une petite pelle d'enfant. Désigné par le sort, Jonas se présente au palais pour avertir Créon. Et dès lors, « le ressort est bandé » (p. 647), la machine tragique est en marche.

MACABRE RENDEZ-VOUS

Bien avant le lever du soleil et celui des servantes, la petite Antigone, fille d'Œdipe et sœur cadette des fratricides, a déserté son lit pour battre la campagne et goûter la rosée du bout de ses pieds nus. De retour au petit matin, elle tombe nez à nez avec sa nourrice qui la croit revenue d'un rendez-vous galant et la sermonne énergiquement : « Et Hémon ? Et ton fiancé ? Car elle est fiancée ! Elle est fiancée, et à 4 heures du matin elle quitte son lit pour aller courir avec un autre. » (p. 633) Mais aujourd'hui, Antigone requiert plus tendresse qu'elle n'est digne de remontrances. Sa bonne nourrice l'a bien compris : elle promet, sans comprendre, de bien soigner sa chienne et l'enserre dans ses bras forts, comme autrefois.

D'une étreinte à une autre, Antigone blottit son visage au creux du cou d'Hémon. Le rendez-vous manqué de la veille est déjà pardonné : oubliés, la robe, le rouge à lèvres et la poudre empruntés à Ismène pour se faire désirable ; oubliées, surtout, les moqueries d'Hémon et la rage qu'elle a ressentie. Et maintenant qu'elle s'est assurée de son amour, elle le contraint à l'écouter et à se taire. S'il avance ou s'il prononce même un seul mot, elle se jettera par la fenêtre. Et elle lui dit : « Jamais, jamais, je ne pourrai t'épouser. » (p. 643) Alors Hémon s'en va, muet et abattu, l'abandonnant prostrée sur une petite chaise.

C'est là que la retrouve la belle Ismène, sa sœur. Elle non plus ne trouve pas le sommeil, hantée par les images d'une foule qui la hue, l'insulte et lui crache au visage. Elle a bien réfléchi : elles ne pourront rien faire pour Polynice, car Créon les tuerait, avec l'approbation de Thèbes. Mais c'est déjà trop tard. Antigone lui révèle son lourd secret : cette nuit-là, elle a enseveli son frère, affronté son destin et pris rendez-vous avec la mort.

| *Antigone au chevet de Polynice*, tableau de Benjamin Constant, 1868.

« Ô TOMBEAU ! Ô LIT NUPTIAL ! »

Revoilà maintenant Jonas aux portes du palais. Cette fois, Boudousse et Durand l'ont accompagné. C'est qu'ils sont fiers de leur prouesse et lorgnent quelque récompense : un bon gueuleton chez la Tordue, du rouge, des femmes et le mois double, qui sait ? Ils viennent de surprendre la fille d'Œdipe, grattant la terre de ses seuls ongles pour ensevelir le corps de Polynice, une seconde fois. Antigone s'avoue coupable, et, maintenant, elle se trouve seule face à Créon.

Le roi, qui est aussi son oncle et le père d'Hémon, entend bien l'épargner. Il le peut, tant que Thèbes ne sait pas. Alors il la sermonne, un peu, et bientôt il l'autorise à regagner sa chambre. Mais Antigone ne veut pas comprendre : elle promet de recommencer ; c'est son devoir ! Créon s'obstine, l'interroge et l'ébranle : que sont les rites funéraires sinon une vaste mascarade, orchestrée par des prêtres négligents ? Lui faut-il vraiment honorer ce frère, cet étranger brutal, ivrogne et dilapidateur ? Ce Polynice qui fomentait des attentats contre son père... au même titre que son aîné d'ailleurs. Car désormais le roi confesse la triste vérité : Étéocle et Polynice n'étaient que des « voyous » et seul un mensonge d'État a pu faire du premier un héros. Un court instant, tête basse, Antigone est vaincue. Mais Créon va trop loin : il lui promet un bonheur simple, fait de labeur, de loisirs et de repos. Alors Antigone, la pure, l'exigeante Antigone, s'exalte et s'embrase : « Vous me dégoûtez tous avec votre bonheur ! » (p. 663) Maintenant, rien ne peut plus la faire taire. Elle crie, elle hurle et tout Thèbes connaît son forfait. Alors, en dépit des plaintes d'Ismène et d'Hémon, Créon n'a plus le choix : il appelle sa garde et fait appliquer sa loi.

Antigone attend la mort. Dans les couloirs du palais, Jonas, le garde, consent à rédiger sa lettre d'adieu, contre un bel anneau d'or. Mais Hémon ne la lira pas : aux cavernes de Hadès, le fils du roi s'est introduit dans le tombeau où sa promise est emmurée vivante. Lorsque Créon s'en aperçoit et dégage les pierres, il est trop tard : Antigone s'est pendue aux fils de sa ceinture et son amant, crachant sa haine au visage de son père, se suicide à ses pieds. Au palais, apprenant la nouvelle, la reine Eurydice s'est elle aussi tranchée la gorge. Désormais Thèbes semble apaisé. Créon est seul, fatigué, mais il retourne machinalement à son ouvrage.

L'ŒUVRE EN CONTEXTE

ANTIGONE : UNE PIÈCE DE GUERRE

Juin 1940 : l'Allemagne nazie a renversé l'armée française. Le 22 est signé l'armistice. Le pays est alors partagé en deux zones : l'une (au nord et à l'ouest) est occupée par les Allemands, l'autre (le sud) est restée libre. À Vichy – en zone libre –, le Gouvernement prône la Révolution nationale, organisée autour d'un État fort et d'une personnalité : le maréchal Philippe Pétain (1856-1951). Toutefois, dès 1940, la collaboration pénètre les milieux intellectuels et politiques. Et, bientôt, lorsque l'Allemagne durcit ses positions, le régime de Vichy coopère. La répression s'intensifie à l'encontre des juifs, des opposants politiques et des résistants.

D'abord passive, la Résistance s'est organisée et multiplie les attentats. En août 1941, un enseigne de vaisseau allemand est tué dans le métro parisien. À partir de ce jour, afin de décourager ce type d'initiative, les Allemands placardent des affiches rouges sur les murs de la ville, annonçant les exécutions d'otages. C'est peut-être en ce « jour des terribles affiches rouges » (ANOUILH (Jean), *La vicomtesse d'Éristal n'a pas reçu son balai mécanique. Souvenirs d'un jeune homme*, Paris, La Table Ronde, 1987, p. 163), que débute l'écriture d'*Antigone* – toutefois, les déclarations du dramaturge à cet égard sont parfois divergentes. Après *Eurydice* (1941), Jean Anouilh livre donc avec *Antigone* sa seconde pièce de guerre. Dans ce contexte où « il fallut que les Français choisissent pour ou contre le gouvernement "légal" imposé par les Allemands », la fille d'Œdipe, « celle qui dit non », incarne la figure de la révolte et de la désobéissance (BRUNEL (Pierre) (dir.), *Dictionnaire des mythes littéraires*, Monaco, Éditions du Rocher, 1994, p. 92).

LE THÉÂTRE SOUS L'OCCUPATION

Sous l'Occupation, l'Allemagne verrouille le contrôle idéologique des populations en encadrant la production culturelle et médiatique : chansons, discours publics, films de cinéma, journaux et pièces de théâtre sont surveillés. C'est principalement le rôle de la Propaganda-Staffel, « escadron de propagande ». Dans ce contexte, après avoir soigneusement gommé les phrases susceptibles d'alerter les autorités, Jean Anouilh et André Barsacq sollicitent un visa de censure pour *Antigone*. Ils l'obtiennent sans difficulté. Pourtant, deux ans plus tard, lorsqu'est enfin créée la pièce au théâtre de l'Atelier, l'ambiguïté de l'œuvre suscite la suspicion de l'occupant. André Barsacq est convoqué et invité à mettre un terme aux représentations. Mais le metteur en scène gagne du temps et, quelques jours plus tard, lorsque les forces alliées débarquent sur les plages normandes – en juin 1944 –, le cas d'*Antigone* n'apparaît plus comme une priorité. Les armées du Reich allemand reculent alors sur tous les fronts, emportant dans leur sillage les miliciens et collaborateurs du régime de Vichy.

Ainsi, *Antigone* et le théâtre français ont survécu à cette période dans des conditions souvent difficiles : « Le théâtre n'était pas chauffé, les gens venaient avec des passe-montagnes et des plaids. Pendant un temps, le courant coupé, on ne joua qu'en matinée, les acteurs vaguement éclairés par la verrière nettoyée pour la circonstance. » (ANOUILH (Jean), *La vicomtesse d'Éristal n'a pas reçu son balai mécanique*, p. 163-166) Pourtant, les salles sont pleines chaque soir car le public, nombreux, y trouve une échappatoire fantaisiste aux souffrances de la guerre et de l'Occupation.

UN THÉÂTRE DE TRANSITION ?

En 1946, Armand Salacrou (dramaturge, 1899-1989) questionne : « Les auteurs dramatiques vivants sont-ils encore nos contemporains ? [...] On dirait des témoins d'un autre âge. Ils racontent des histoires d'un autre temps. » (« Note sur *Les Nuits de la colère* », *Théâtre. Tome 5*, Paris, Gallimard, 1952) Il est vrai qu'au sortir de la guerre, la tendance est encore au divertissement et à la plaisanterie cocasse : une nouvelle génération de dramaturges – Marcel Achard (1899-1974), Marcel Aymé, André Roussin (1911-1987), Félicien Marceau (1913-2012), etc. – prend la relève des maîtres du boulevard que sont Henri Bernstein (1876-1953) et, surtout, le prolifique Sacha Guitry (1885-1957). Jean Anouilh, revendiquant lui-même sa qualité de « vieux boulevardier », s'inscrit également dans cette veine.

Dès 1941 avec son *Eurydice* puis, plus tard, avec *Antigone* et *Médée* (1953), Anouilh prolonge un mouvement amorcé dans l'entre-deux-guerres. De fait, fascinés par les auteurs antiques que sont Eschyle, Sophocle et Euripide, de nombreux dramaturges ont d'ores et déjà remis les mythes grecs au goût du jour : c'est notamment le cas de Jean Cocteau (*Antigone*, *La Machine infernale*), d'André Gide (*Œdipe*), ou de Jean Giraudoux (*Amphitryon 38*, *La guerre de Troie n'aura pas lieu*, *Électre*). L'actualisation du mythe est souvent prétexte au soulèvement de problématiques contemporaines, aussi ce théâtre n'est-il pas tout à fait déconnecté de son contexte politique et social. D'ailleurs, il se développe après la guerre une tendance d'inspiration brechtienne qui emporte l'adhésion des critiques et s'ancre fermement dans l'actualité. Comme Jean-Paul Sartre (1905-1980) ou Albert Camus, des auteurs inféodent leur théâtre à des postulats philosophiques, politiques ou religieux. Mais, déjà, à l'écart des grandes salles parisiennes, de nouveaux dramaturges, contemporains de Jean Anouilh mais à l'éclosion plus tardive, s'affairent à bouleverser les normes esthétiques. Répudiant les œuvres instrumentalisées au nom des idéologies, ils promeuvent un anti-théâtre dénué d'intrigue, de héros et, surtout, de toute substance morale et intellectuelle. Parmi eux : Samuel Beckett (1906-1989), Arthur Adamov (1908-1970) et Eugène Ionesco (1909-1994).

ANALYSE DES PERSONNAGES

ANTIGONE

Antigone est la fille d'Œdipe et de Jocaste, et la sœur cadette des fratricides – Étéocle et Polynice – et de la belle Ismène. C'est une petite fille maigre, ni coquette ni jolie. Elle a le caractère mauvais, indocile et sauvage : elle aime se lever tôt, se coucher tard, au gré de ses envies ; à l'aube, sans prendre le temps de s'apprêter face au miroir, elle préfère les courses bucoliques à travers la campagne, la robe froissée, les pieds nus et les mains sales. La « petite Antigone » (p. 671) a 20 ans. Mais c'est encore une enfant et, il n'y a pas si longtemps, le roi Créon, son oncle, lui offrait sa première poupée.

Chez Jean Anouilh, Antigone est une femme et une mère en puissance, que le destin et la mort emportent au seuil de l'enfance. La veille encore, attifée des parures et des poudres de sa sœur, elle a pensé se rendre désirable aux yeux de son amant. Mais Hémon, surpris par ses effets, s'est moqué d'elle. Antigone, de rage, s'est alors enfuie. Et ils n'auront pas d'autre soir, pas d'autre soir pour celle qui pensait s'offrir à lui et se muer en une « vraie femme » (p. 641). Seulement les cavernes de Hadès et un tombeau pour tout lit nuptial, où les amants, couchés ensemble pour la toute première fois, demeureront éternellement enfants. Antigone ne sera jamais ni la femme ni la mère qu'elle rêvait de devenir, une « maman [...] plus sûre que toutes les vraies mères du monde avec leurs vraies poitrines et leurs grands tabliers » (p. 641).

C'est bien plutôt en tant que sœur qu'Antigone se présente face à Créon. De fait, ensevelissant le corps de Polynice à la barbe des gardes royaux, elle pense remplir son devoir et opposer les liens du sang à la loi de son oncle. Cela jusqu'à ce qu'elle apprenne, de la bouche du roi lui-même, que Polynice était un voyou, une crapule avide d'argent, d'ivresse et de pouvoir, méprisant sa famille. Alors, ni femme, ni mère, ni sœur, ne reste plus à Antigone qu'à devenir elle-même. Sans doute est-elle encore la fille d'Œdipe, orgueilleuse comme lui : « L'humain vous gêne aux entournures dans la famille. Il vous faut un tête-à-tête avec le destin et la mort », s'emporte Créon (p. 653). Alors, une fois perdues ses illusions, elle se soulève et refuse un bonheur qui cède trop aux mensonges et aux compromissions. Elle s'interdit l'usure et l'habitude qui sont le lot de la vieillesse et, en d'autres termes, elle choisit de rester une enfant, fidèle à ses rêves et à son idéal d'absolu. Et c'est en éternelle petite fille qu'elle meurt dans son caveau, pendue aux fils rouges, verts, bleus de sa ceinture, « qui lui faisaient comme un collier d'enfant » (p. 672).

CRÉON

Créon est l'oncle d'Antigone et le père d'Hémon. C'est un vieil homme aux cheveux blancs, dont la silhouette robuste mais voûtée dissimule mal la lassitude. Autrefois, Créon était un bon vivant ; il aimait la musique, les livres et passer de longues heures à flâner dans les rues de Thèbes. Pourtant, lorsqu'Étéocle et Polynice se sont entretués sous les murs de la ville, il a dû retrousser ses manches et accepter son sacerdoce. Devenu roi, c'est maintenant seul, quoique toujours flanqué de son jeune page, qu'il exerce son pouvoir dans la crainte d'une insurrection.

Créon est un roi dépourvu d'orgueil, d'idéaux et d'ambitions démesurées. Ce prince qui se dit « sans histoire » (p. 653) garde les pieds sur terre et la tête sur les épaules. C'est un pragmatique, toujours en quête d'efficacité. Aussi, si la nécessité l'exige, il n'hésite pas à se corrompre, à se salir les mains : c'est pour préserver l'ordre qu'il s'abaisse à de faux discours et choisit d'élever Étéocle au rang de héros, abandonnant aux chacals le corps de Polynice.

Créon est un souverain sérieux et ferme, tout entier dévoué à son rôle et au redressement de sa cité. Chez Jean Anouilh, sa figure est réhabilitée : il n'est plus le tyran qu'il était chez Sophocle ; son visage, profondément humain, est peut-être avant tout celui d'un oncle et d'un père. Créon veut sauver Antigone. Patiemment, il argumente et la raisonne. Et un instant, il la vainc... Pourtant, il commet une nouvelle erreur en lui promettant le bonheur ; un bonheur ordinaire et prosaïque, « une petite chose dure et simple qu'on grignote, assis au soleil » (p. 662). C'est bien trop peu pour Antigone.

Lorsque celle-ci s'exalte et s'enrage, Créon éprouve les limites de son pouvoir royal : il ne peut la faire taire ; il peut seulement faire respecter sa loi ; il peut seulement la faire mourir. Dès lors, aux cavernes de Hadès, la mort d'Antigone manifeste le parfait échec de son oncle, de celui dont le seul projet était de s'employer « tout simplement à rendre l'ordre de ce monde un peu moins absurde » (p. 653). Car rien n'est plus absurde que le geste d'Antigone, une fois délesté de ses nobles motivations, religieuses et fraternelles. Son suicide consacre le triomphe d'une société absurde et nihiliste, dénuée de sens, de buts et de valeurs. Et Créon, qui en demeure le maître désabusé, se remet à l'ouvrage sans autre perspective que d'« attendre la mort... » (p. 674)

ISMÈNE

« Rose et dorée comme un fruit » (p. 641), la belle Ismène est la sœur d'Antigone. Favorite dans le cœur des garçons, Ismène a longtemps suscité la jalousie d'une cadette qui la barbouillait de terre et lui coupait les cheveux. Plus réfléchie et moins hardie, sans doute, elle ne trouve le courage de soutenir sa sœur que tardivement, une fois prononcée la sentence de mort.

HÉMON

Hémon est le fils de Créon. Tout semblait le porter vers Ismène, « son goût de la danse et des jeux, son goût du bonheur et de la réussite, sa sensualité aussi » (p. 629). Pourtant, un soir de bal, il a choisi Antigone. Et maintenant, il la regarde suivre son destin tragique, impuissant. Chez Jean Anouilh, Hémon parle sans doute moins qu'il ne pleure. C'est que, comme Antigone, il meurt sans avoir eu le temps de mûrir.

LA NOURRICE

Personnage traditionnel de la tragédie grecque, la nourrice est une figure profondément liée à l'univers de l'enfance. Ici, à l'aube de ce jour funeste, elle constitue une présence rassurante comme elle était autrefois le dernier rempart contre les peurs enfantines.

LES (TROIS) GARDES

Jean Anouilh a choisi d'ajouter deux gardes à la galerie des personnages antiques de Sophocle. Ces hommes rougeauds, qui puent l'alcool et n'aiment rien mieux que jouer aux cartes, apportent un contrepoint comique à la pièce. Surtout, auxiliaires aveugles de la justice, indifférents à la question du bien et du mal, ils renforcent le caractère pathétique de la mort d'Antigone.

ANALYSE DES THÉMATIQUES

UN MYTHE DÉMYSTIFICATEUR

La fin des illusions

« D'Aristote aux temps modernes, le théâtre a toujours été conçu comme une représentation de la vie », affirme Michel Lioure (*Lire le théâtre moderne. De Claudel à Ionesco*, Paris, Dunod, 1998, p. 6). Sur scène, le spectacle parfait se conforme si bien au réel que le spectateur, dupé, croit véritablement assister à l'action. Pourtant, au XXe siècle, dans la lignée d'auteurs comme Luigi Pirandello, les dramaturges contestent cette illusion théâtrale. Dès lors, ils opèrent à la faveur de procédés dramaturgiques tels que le théâtre dans le théâtre, c'est-à-dire la mise en scène d'une pièce à l'intérieur même de la pièce. C'est ce dispositif, développé plus tard dans *La Répétition ou l'Amour puni* ou encore dans *La Grotte* (1961), que Jean Anouilh met ici en place. En effet, dès le lever du rideau, le Prologue place le spectateur à distance : « Voilà. Ces personnages vont vous jouer l'histoire d'Antigone. » (p. 629) D'Antigone à Créon, en passant par le messager, tous les protagonistes sont réunis sur scène. Mais l'action n'a pas encore débuté et Antigone nous apparaît déjà pleinement dans sa nature de représentation : cette « histoire », ce mythe connu de tous, va nous être interprété par des « personnages », désignés comme tels. En vérité, au moment même où le Prologue nous les introduit un à un, il s'agit moins de « personnages » que d'acteurs : la distribution a déjà eu lieu, mais les masques ne sont pas encore revêtus. Chacun attend encore d'entrer dans son rôle : « Elle s'appelle Antigone et il va falloir qu'elle joue son rôle jusqu'au bout... » (p. 629), indique le Prologue. De fait, l'illusion théâtrale est rompue. Elle l'est d'autant plus que le « quatrième mur », ce mur imaginaire élaborant une frontière impénétrable entre l'univers de la scène et celui de la salle, vole en éclats dès lors qu'Ismène nous entrevoit et « rit avec un jeune homme, de nous tous, qui sommes là bien tranquilles à la regarder » (p. 629).

Bientôt, lorsque le Prologue disparaît, la métaphore théâtrale pénètre à l'intérieur même de la pièce. Vient maintenant l'idée que le monde est un vaste théâtre et que chacun joue un rôle dans la comédie humaine. Il faut dire que Créon, qui lui-même « joue au jeu difficile de conduire les hommes » (p. 630), entreprend de démystifier le monde, d'en explorer les coulisses pour mieux en révéler les rouages et les hypocrisies. Ainsi, par exemple, il envisage les funérailles grandioses d'Étéocle comme un spectacle, comme une « pantomime » (p. 655), dont l'artifice, une fois percé à jour, ne parvient plus à abuser. Le discours des prêtres est alors révélé dans sa nature de « bredouillage en série » (p. 655). De la même manière, le roi Créon tend à démystifier la scène politique et, pour ce faire, choisit encore d'en passer par les coulisses : « Car c'est cela que je veux que tu saches, les coulisses de ce drame où tu brûles de jouer un rôle, la cuisine. » (p. 661) Ce faisant, Créon pense ouvrir les yeux d'Antigone « sur l'inanité des valeurs pour lesquelles elle se sacrifiait » et lui faire entrevoir ainsi la vanité de son acte (BLANCART-CASSOU (Jacqueline), *Jean Anouilh : les jeux d'un pessimiste*, Aix-en-Provence, Publications de l'Université de Provence, 2007, p. 39). Toutefois, c'est maintenant un monde absurde qui s'étend sous les yeux d'Antigone.

Vers l'absurdité du monde...

Chez Jean Anouilh, en effet, la notion de *fatum* antique –le « destin » – est supplantée par celle, moderne, d'absurdité : ainsi, le monde échappe à l'entendement, non plus parce qu'il est régi par des puissances supérieures, divines – Anouilh a largement évacué la dimension religieuse du mythe –, mais parce qu'il est, en lui-même, dépourvu de sens. Le monde est tel qu'il est, non pas en vertu d'une quelconque causalité, mais seulement parce qu'il en est ainsi. D'ailleurs, dès l'ouverture de la pièce, le Prologue évacue toute explication pour s'abandonner au régime du constat. D'où l'usage du présentatif : « Voilà. » (p. 629) De fait, déjà, les événements se dérobent à la compréhension et à la volonté d'Antigone : un soir de bal, Hémon est venu trouver la jeune fille et lui a demandé d'être sa femme, sans que personne comprenne pourquoi. Plus loin, Antigone est précisément celle qui refuse de comprendre, d'attribuer un sens aux choses et aux événements. Ainsi, elle liquide les arguments de sa sœur : « Moi je ne veux pas comprendre un peu. » (p. 635) Puis, plus tard, ceux de son oncle : « Je ne veux pas comprendre. C'est bon pour vous. Moi je suis là pour autre chose que pour comprendre. Je suis là pour vous dire non et pour mourir. » (p. 658) Dès lors, la fille d'Œdipe nous apparaît comme une figure de l'absurde, étrangère au monde et à une existence dont elle ne saisit plus le sens.

Antigone, c'est le triomphe de l'absurdité. Lors d'une longue profession de foi, le roi Créon en avait pourtant fait son principal ennemi :

> « Moi, je m'appelle seulement Créon, Dieu merci. J'ai mes deux pieds par terre, mes deux mains enfoncées dans mes poches et, puisque je suis roi, j'ai résolu, avec moins d'ambition que ton père, de m'employer tout simplement à rendre l'ordre de ce monde un peu moins absurde, si c'est possible. » (p. 653)

Mais Antigone, sa nièce, va anéantir ce projet. Et la faute en revient partiellement à Créon lui-même puisque, s'employant patiemment à démystifier le monde autour d'elle, il a fait tomber un à un les mobiles de son acte – piété fraternelle et religieuse. Dès lors, le geste d'ensevelir Polynice ne fait plus sens. Antigone ne dit pas autre chose : « Oui, c'est absurde. » (p. 655) Et cette absurdité trouve son point culminant dans le suicide d'Antigone, pendue aux fils de sa ceinture, ne sachant plus pourquoi elle meurt. Et si Créon s'en retourne, désabusé, à ses affaires, ce dénouement achève de conférer à la pièce son caractère résolument pessimiste et nihiliste.

... et vers la solitude

Dans *Antigone*, les actes ne constituent pas les seuls indices de l'absurdité. La parole en est un autre. Ainsi, pour Paul Ginestier, si « le langage sert à communiquer [...], il sert aussi à ne pas communiquer, à isoler l'individu dans un monde absurde et déconcertant » (*Anouilh*, Paris, Seghers, 1969, p. 57). En cela, la pièce de Jean Anouilh annonce déjà le Ionesco de *La Cantatrice chauve* (1950) et le Beckett d'*En attendant Godot* (1952).

Dans la première partie de la pièce, le secret de son initiative condamne Antigone à la solitude. Le non-dit affecte la conversation et l'astreint au règne de l'incompréhension et du non-sens. C'est le cas lorsqu'à l'aube, Antigone rencontre sa nourrice au seuil de la maison :

> « LA NOURRICE – Tu avais un rendez-vous, hein ? Dis non, peut-être.
> ANTIGONE, doucement – Oui. J'avais un rendez-vous.
> LA NOURRICE – Tu as un amoureux ?
> ANTIGONE, étrangement, après un silence – Oui, nourrice, oui, le pauvre. J'ai un amoureux.
> LA NOURRICE éclate – Ah ! c'est du joli ! c'est du propre ! [...] » (p. 632)

La nourrice prête un amour caché à Antigone. Pourtant, les mots laissent transparaître une toute autre réalité : il est clair que les pensées de la jeune fille sont d'ores et déjà tournées vers un Hémon – « le pauvre » – dont elle s'apprête à décevoir les rêves de noces. Il y a quiproquo et, dans l'écart qui s'instaure entre les énoncés des locuteurs, se déploie toute la solitude d'Antigone. Même constat, plus loin, lorsque la « nounou » promet d'en avertir Créon. Et Antigone de rétorquer, se référant davantage à l'inéluctable moment où elle devra répondre de ses actes face au roi : « Oui, nourrice, mon oncle Créon saura. » (p. 633) « Ces deux "races" se parlent sans communiquer », analyse encore Paul Ginestier (*Anouilh*, p. 66). Antigone ne communique pas davantage avec sa sœur Ismène ni même avec le pauvre Hémon. Ici encore, c'est le non-dit qui fausse l'échange et isole un peu plus Antigone : « Mais j'étais venue chez toi pour que tu me prennes hier soir, pour que je sois ta femme avant. » (p. 642) Avant quoi ? Hémon ne peut comprendre et, contraint à garder le silence, c'est-à-dire maintenu dans son ignorance, il l'abandonne seule « sur une petite chaise au milieu de la scène » (p. 643). Bientôt, le châtiment de l'emmurement vient parachever ce lent processus d'isolement.

Mais dans ce « monde absurde et déconcertant » (*Anouilh*, p. 57), au-delà d'Antigone, chacun est finalement seul. Dans la bouche d'Ismène ou de Créon, les très nombreuses injonctions à écouter – « Écoute-moi » (p. 635, 653, 655, 657, etc.) – sont le symptôme d'une incommunicabilité inhérente à cet univers. Étrangers au monde, les personnages le sont aussi les uns aux autres. Et parmi eux, Créon, homme de pouvoir, qui n'a guère que son petit page pour toute compagnie. D'ailleurs, au terme de la tragédie, survivant à sa femme, à son fils et à sa nièce, il est plus que jamais esseulé.

L'AGÔN

Une querelle des générations

Dans la tragédie grecque, l'*agôn* constitue la partie de la pièce qui met en scène la confrontation de deux personnages aux thèses contradictoires. Dans *Antigone*, cette joute verbale oppose la petite Antigone au vieux Créon, au cœur de ce qui apparaît comme une querelle des générations.

De fait, si le Prologue nous introduit Créon sous les traits d'un vieil homme, avec ses « cheveux blancs » et ses « rides » (p. 630), il nous présente d'ores et déjà Antigone sous ceux d'une « jeune fille noiraude et renfermée » (p. 629). Antigone a 20 ans, mais c'est encore une enfant. D'ailleurs, et ce n'est pas un hasard, Étienne Frois dénombre dans la pièce plus de 70 occurrences du mot « petit », le plus souvent rattachées au personnage d'Antigone (*Antigone. Anouilh*, Paris, Hatier, 1972, p. 53).

Définie dans ses relations aux autres personnages, Antigone est sans cesse renvoyée à son statut de cadette. Pour Créon, elle est d'abord la « fille d'Œdipe » (p. 653) et sa nièce, à laquelle il n'y a pas si longtemps, il offrait sa « première poupée » (p. 654). Pour Ismène, elle est une « petite sœur » (p. 637) qu'il faut parfois encore raisonner : « Je suis l'aînée. Je réfléchis plus que toi. Toi, c'est ce qui te passe par la tête tout de suite, et tant pis si c'est une bêtise. » (p. 635) Aux yeux de sa nourrice, personnage composé par Anouilh et ô combien rattaché à l'enfance, elle est toujours « cette petite » (p. 632) qu'il lui faut protéger contre ses angoisses, contre le « méchant ogre », le « marchand de sable », ou « Taoutaou qui passe et emmène les enfants... » (p. 639).

En outre, les nombreux anachronismes introduits par l'auteur concourent aussi à l'instauration d'un cadre enfantin : ce sont les « tartines » préparées par la « nounou » (p. 638), la « petite pelle d'enfant » dont Polynice se servait à la plage (p. 645), ou encore la « poupée » offerte par Créon (p. 654). Condamnée à mourir prématurément, Antigone n'a pas eu le temps de devenir une femme.

Pas plus qu'Hémon, d'ailleurs, n'a eu le temps de devenir un homme, de devenir, peut-être, le « M. Hémon » qu'Antigone imagine à peine et exècre déjà tant (p. 663). Le voici maintenant, jeté aux bras de son père, criant « comme un enfant » pour qu'il sauve Antigone, refusant de grandir et de tuer l'image d'un père qu'il n'a que trop idéalisé. C'est d'ailleurs la leçon de Créon : « Regarde-moi, c'est cela devenir un homme, voir le visage de son père en face un jour. » (p. 667) Mais Hémon s'enfuit, va retrouver Antigone aux cavernes de Hadès où, emmurés, tous deux confient la sauvegarde de leur enfance à la solidité des murs.

Dès lors, le « non » d'Antigone – et celui d'Hémon – est d'abord celui d'une gamine capricieuse et entêtée. « La tragédie d'Antigone, c'est le refus du monde des grandes personnes », confirme Anouilh lui-même (« Entretien avec Paul Chambrillon », in *Valeurs actuelles*, n° 2024, 1975, p. 61-62). Ensevelissant le corps de Polynice, elle désobéit seulement comme un enfant enfreint la règle de ses parents. Pourtant, derrière ce « non » se cache aussi la défense d'un véritable idéal.

Face aux compromissions de la vieillesse

Pour Pol Vandromme aussi, « la querelle de Créon et d'Antigone [...] est une querelle de générations. Il y a une noblesse d'Antigone, et une noblesse de Créon. Seulement, elles n'ont pas le même âge : l'une a la peau lisse, l'autre a des rides, et dès lors elles ne peuvent se reconnaître » (*Jean Anouilh. Un auteur et ses personnages*, p. 110). Ce qu'il faut comprendre ici, c'est que la figure de Créon ne s'oppose pas à celle d'Antigone ; elle en est seulement le prolongement, la forme ultérieure. C'est d'ailleurs pourquoi ce vieil homme croit se reconnaître en la jeune fille : « Je te comprends, j'aurais fait comme toi à vingt ans. C'est pour cela que je buvais tes paroles. J'écoutais du fond du temps un petit Créon maigre et pâle comme toi et qui ne pensait qu'à tout donner lui aussi... » (p. 662) Mais cette ressemblance altérée, loin de réduire l'écart qui les sépare, lui vaut tout le mépris d'Antigone et le confirme un peu plus dans son statut de repoussoir. De fait, Créon incarne son pire cauchemar : la dégénérescence, l'enfance perdue et corrompue.

Car ce que défend Antigone, au-delà de son enfance même, c'est la préservation d'un idéal d'absolu et de pureté. Son « non », est un « non » aux compromissions, un « non » à l'imperfection et à l'incomplétude : « Moi, je veux tout, tout de suite – et que ce soit entier –, ou alors je refuse ! » (p. 663) C'est pourquoi elle rejette cette « petite chose dure et simple » qu'est le bonheur de Créon, cette « petite chance », ce « petit morceau » de bonheur (p. 663). Plus tôt, elle avait déjà refusé le bonheur proposé par sa sœur pour les mêmes raisons : « Ton bonheur est là devant toi et tu n'as qu'à le prendre. Tu es fiancée, tu es jeune, tu es belle... » (p. 637) Mais Antigone n'est pas belle, elle le sait et elle le dit. Dès lors, la proposition d'Ismène ne pouvant se réaliser que partiellement, elle la rejette. Comme elle rejette encore, au fond, celle de son fiancé : ce bonheur « plein de disputes » comme autant de petites entraves et de blessures faites à son idéal d'absolu.

Une fois, une seule fois peut-être, Antigone a dit « oui ». « Oui », à Hémon, « oui » à l'amour. C'était un soir de bal, rapporte le Prologue (p. 629). Pourtant, ce « oui », déjà, était implicitement soumis à une condition, à un « mais » qu'Antigone révèle maintenant, au seuil de la mort : « Oui, j'aime Hémon. J'aime un Hémon dur et jeune ; un Hémon exigeant et fidèle, comme moi. Mais si votre vie, votre bonheur doivent passer sur lui avec leur usure [...] s'il doit devenir près de moi le M. Hémon, s'il doit apprendre à dire « oui », lui aussi, alors je n'aime plus Hémon ! » (p. 663) En amour, comme en toutes autres choses, Antigone refuse le compromis, vécu comme une altération.

Le drame du pouvoir

L'*Antigone* de Jean Anouilh est un drame du pouvoir. En effet, avant même d'embrasser la vie et ses compromissions, le « oui » de Créon est un « oui » au pouvoir. À la mort d'Étéocle et de Polynice, il s'est assis sur le trône de Thèbes, s'élevant au rang des tout-puissants. Pourtant, ce que révèle l'*agôn*, c'est que le pouvoir de Créon est limité ; limité parce qu'il échappe le plus souvent à son vouloir. Et de fait, le drame de Créon, c'est d'être prisonnier de ses prérogatives royales. Antigone l'a bien compris et le provoque sur ce terrain : « Moi, je ne suis pas obligée de faire ce que je ne voudrais pas ! Vous n'auriez pas voulu non plus, peut-être, refuser une tombe à mon frère ? Dites-le donc, que vous ne l'auriez pas voulu ? » (p. 657)

Elle, délestée de ses pieuses obligations depuis que Créon lui en a démontré la vanité, n'agit plus que suivant son bon vouloir : « Pour personne. Pour moi. » (p. 655) Lui, au contraire, garant de la cité et du bien commun, ne peut s'offrir ce luxe. Dès lors, en déportant le rapport de forces dans le champ du vouloir plutôt que dans celui du pouvoir, Antigone retourne la situation à son avantage. Et Créon de lui concéder, vaincu : « Je te l'ai dit. » (p. 657) C'est vrai, il aurait préféré offrir une tombe à Polynice, « ne fût-ce que pour l'hygiène » (p. 656). C'est seulement la nécessité politique, celle de ramener l'ordre dans la cité, qui l'a contraint à agir de la sorte.

Et maintenant, c'est cette même nécessité qui pourrait le forcer à faire tuer Antigone. Créon n'en a aucune envie ; il l'apprécie, il sait qu'elle doit épouser son fils Hémon, et il n'a que faire d'avoir la mort d'une enfant sur la conscience. Et pourtant, le poussant dans ses derniers retranchements, Antigone réaffirme le primat de sa volonté sur la puissance de son oncle. Elle crie, elle hurle, si fort que tout Thèbes connaît son crime et que sa sœur, avant que d'autres ne lui emboîtent peut-être le pas, promet de l'imiter. Alors Créon n'a plus le choix, il doit faire appliquer sa loi. C'est son ultime possibilité : « Vous pouvez seulement me faire mourir », lui rappelle Antigone, implacable. La condamnant malgré lui, Créon éprouve toute son impuissance ; elle, se suicidant, réaffirme tristement sa liberté.

STYLE ET ÉCRITURE

POÉTIQUE D'*ANTIGONE*

Dégradation et prosaïsme

En février 1945, dans une lettre qu'il adresse à Marcel Pagnol (1895-1974) – alors président de la Société des auteurs et compositeurs dramatiques (SACD) –, Jean Anouilh considère avoir écrit « une Antigone moins pure » que celle de Sophocle. C'est sans doute que l'une des modalités de la réécriture anouilhienne est la dégradation burlesque, la création d'un écart, d'une discordance entre grandeur et trivialité. Sur le plan formel, d'une part, la pièce antique de Sophocle avait été composée en vers ; celle de 1944 est écrite en prose. D'autre part, au plan du contenu, Jean Anouilh « a diminué la part du politique et du sacré [et a] privilégi[é] la querelle de famille, le conflit des générations, les tourments de l'adolescence », décrit Jeanyves Guérin (« Pour une lecture politique de l'*Antigone* de Jean Anouilh », in *Études littéraires*, vol. 41, n°1, 2010, p. 93-104). En d'autres termes, il rabaisse l'argument original de la pièce à des préoccupations plus prosaïques. Et si, dans *Antigone*, Anouilh n'hésite guère à emprunter, avec parcimonie, les vers de son illustre prédécesseur – par exemple, la fameuse anaphore : « Ô tombeau ! Ô lit nuptial ! Ô ma demeure souterraine… » (p. 669) – il leur préfère le plus souvent un « réalisme trivial et vulgaire » (BARUT (Benoît) et LE CORRE (Élisabeth) (dir.), *Jean Anouilh. Artisan du théâtre*, p. 26).

Dans *Antigone*, le travail de dégradation passe, dès le lever du rideau, par la mise en place d'un cadre ordinaire qui vient contraster avec celui de la tragédie grecque. La pièce de Jean Anouilh, contrairement à celle de Sophocle, ne s'ouvre pas face au palais de Thèbes mais dans « un décor neutre » (p. 628). Les différents protagonistes, rassemblés sur la scène, sont d'ores et déjà livrés à des occupations triviales : « Ils bavardent, tricotent, jouent aux cartes. » (p. 628) Le ton est donné. De même, tout au long de la pièce, les anachronismes, disséminés çà et là par le dramaturge, ramènent l'univers tragique au cadre familier et aux vicissitudes contemporaines. C'est le cas du « rouge à lèvres » (p. 632), du « café » (p. 634), des « pantalons longs », des « voitures » et des « cigarettes » (p. 660), ou encore des « allocations » (p. 668).

Mais ce sont sans doute les personnages de Jean Anouilh qui, le plus, concourent à cette logique burlesque. Sophocle, déjà, avait introduit le personnage du garde ; Anouilh, quant à lui, en ajoute deux autres, renforçant ainsi le contrepoint comique apporté à la pièce. En outre, il insère la figure de la nourrice. Surtout, les personnages de rangs élevés, les nobles, sont eux-mêmes dépréciés : Créon, qui est le roi, est avant tout un « ouvrier » de Thèbes (p. 630), et Antigone, qui est la fille d'Œdipe, est un « moineau », une petite fille dont l'attitude appelle tout juste « une paire de gifles » (p. 653). Dès lors, s'exprimant plus ou moins dans un registre bas, familier, tous ces personnages alimentent le continuum textuel de la pièce et définissent son style réaliste et prosaïque : les gardes et la « nounou » (« Les putains qu'on ramasse à la garde de nuit, elles disent aussi de se méfier, qu'elles sont la bonne amie du préfet de police ! », p. 648 ; « ça tremblait comme de la gélatine », p. 650 ; « Si elle pisse sur mes tapis ? », p. 639, etc.) au même titre que les membres de la famille royale (« Et là il y aura les gardes avec leurs têtes d'imbéciles [...], leur regard de bœuf – qu'on sent qu'on pourra toujours crier [...] », p. 636 ; « On dirait des chiens qui lèchent tout ce qu'ils trouvent », p. 663 ; « cette viande qui pourrit au soleil », p. 656 ; etc.).

La poésie de Jean Anouilh

Toutefois, la pièce de Jean Anouilh n'est pas dénuée de poésie, une poésie qui est d'abord celle d'une enfance romantique, empreinte du sentiment de la nature. C'est avant tout le regard d'Antigone, revenue les souliers à la main d'une promenade aurorale au fil de laquelle les paysages ont reflété les états de son âme mélancolique et sombre : « C'était beau. Tout était gris. Maintenant, tu ne peux pas savoir, tout est déjà rose, jaune, vert. C'est devenu une carte postale. » (p. 631) Plus loin, ce sentiment d'osmose est encore rendu par la personnification du jardin et de la campagne : « Le jardin dormait encore. Je l'ai surpris, nourrice. Je l'ai vu sans qu'il s'en doute. » (p. 631) Ainsi attribués, les verbes d'action prêtent vie aux éléments naturels et renforcent l'idée d'un rapport harmonieux entre la jeune fille et son environnement.

Mais développer une poésie de l'enfance, c'est aussi adjoindre les images de l'angoisse et de la monstruosité à celles de la nature et de la liberté. Aussi, le style d'*Antigone* est-il encore nourri d'images chimériques, comme ici, dans la représentation qu'Ismène se fait de la foule des Thébains : « Ils nous hueront. Ils nous prendront avec leurs mille bras, leurs mille visages et leur unique regard. Ils nous cracheront à la figure. » (p. 636) Ou, plus loin, lorsqu'Anouilh use de la comparaison pour dépeindre le corps suspendu et sans vie de son héroïne. Ici encore, la poésie se déploie à travers le filtre de l'enfance : « Antigone est au fond de la tombe pendue aux fils de sa ceinture, des fils rouges, des fils verts, des fils bleus qui lui faisaient comme un collier d'enfant. » (p. 672)

En outre, Créon, qui n'est plus vraiment un enfant, élabore sa propre poésie en piochant dans un répertoire d'images sans doute plus concrètes et palpables. C'est le cas lorsqu'il emprunte la métaphore de l'embarcation pour figurer les périls du pouvoir : « Il faut pourtant qu'il y en ait qui mènent la barque. Cela prend l'eau de toutes parts, c'est plein de crimes, de bêtises, de misère... » (p. 658) Toutefois, il insère davantage ces images dans une logique toute rhétorique et persuasive.

D'autre part, avec Jeanyves Guérin, nous attribuons au style de Jean Anouilh d'importantes qualités dramatiques : « Sa phrase, concise et riche de mots repris, est une phrase de théâtre. Son lexique est banal, sa syntaxe est faite pour que ses phrases puissent être dites par un acteur. » (*Le théâtre en France de 1914 à 1950*, Paris, Honoré Champion, 2007, p. 175) De fait, Anouilh joue sur les rythmes, démultiplie les anaphores et les figures de la répétition pour faire rebondir les mots et rendre à la tragédie ses accents majestueux et solennels. Il en est ainsi des grandes tirades d'Antigone : « Comprendre... Vous n'avez que ce mot-là dans la bouche [...]. Il fallait comprendre qu'on ne peut pas toucher à l'eau [...]. Il fallait comprendre qu'on ne doit pas tout manger à la fois [...]. Comprendre. Toujours comprendre. Moi je ne veux pas comprendre. » (p. 636) ; ou encore : « Nous sommes de ceux qui lui sautent dessus quand nous le rencontrons, votre espoir, votre cher espoir, votre sale espoir ! » (p. 664)

STRUCTURE DE LA PIÈCE

Le temps tragique

« Épeler le destin avant que ne s'affrontent les victimes et bourreaux, tel est le secret de la création, qui pourrait tenir tout entière dans la maîtrise du temps. » (VIER (Jacques), *Le théâtre de Jean Anouilh*, Paris, Société d'édition d'enseignement supérieur, 1976, p. 89) C'est en tout cas celui de Jean Anouilh, dont la pièce s'ouvre sur un Prologue qui affiche cette maîtrise.

D'une part, le Prologue expose une situation – celle d'Antigone – qu'il introduit dans un contexte plus général : à Thèbes, Étéocle et Polynice se sont entretués et Créon est devenu le nouveau roi. Dès lors, chaque fois qu'il revêt une dimension explicative, chaque fois qu'il s'attarde sur un événement antérieur à l'intrigue, le discours du Prologue se conjugue au passé : « Un soir de bal où il n'avait dansé qu'avec Ismène [...], [Hémon] a été trouver Antigone qui rêvait dans un coin, comme en ce moment [...], et il lui a demandé d'être sa femme. » (p. 629) En revanche, chaque fois qu'il revêt une dimension prospective, qu'il vise à annoncer l'issue fatale, ce discours adopte les différentes formes du futur : « Ces personnages vont vous jouer l'histoire d'Antigone » (p. 629) ; « [Eurydice] tricotera pendant toute la tragédie jusqu'à ce que son tour vienne de se lever et de mourir » (p. 630). Et rien n'est dissimulé. Anouilh nous prive de tout suspense : « Nous n'avons plus à nous demander si Antigone va mourir, mais comment et pourquoi », commente Étienne Frois (*Antigone. Anouilh*, p. 58). Cela est d'autant plus vrai que le mythe est connu de tous et que chacun présage la mort d'Antigone.

Mais ce qui, davantage, fait l'originalité de la pièce, c'est que les personnages eux-mêmes, dès le prologue, sont conscients de leur sort. Et dès lors, dans *Antigone*, le futur s'immisce dans le présent pour le déterminer : « C'est lui [le messager] qui viendra annoncer la mort d'Hémon tout à l'heure. C'est pour cela qu'il n'a pas envie de bavarder ni de se mêler aux autres. Il sait déjà... » (p. 630) ; « [Antigone] pense qu'elle va mourir, qu'elle est jeune et qu'elle aussi, elle aurait bien aimé vivre » (p. 629). Les frontières qui distinguent le passé, le présent et le futur se délitent et se font plus poreuses. Anouilh refaçonne un continuum temporel où le présent, mince et précaire, s'évanouit dans la tenaille du passé et du futur. Déjà, Antigone « sent qu'elle s'éloigne à une vitesse vertigineuse de sa sœur Ismène » (p. 629). Le temps semble s'accélérer et, elle, qui hier encore s'était couchée petite fille, se lève aujourd'hui pour affronter son destin tragique.

Dans *Antigone*, le temps est à ce point condensé qu'il faut moins d'une journée à la fille d'Œdipe pour liquider son passé – c'est durant la première partie de la pièce qu'elle se défait successivement de sa nourrice, d'Ismène et d'Hémon –, consommer son présent et actualiser son futur : à l'aube, elle regagne la maison, ses souliers à la main ; à « 5 heures » (p. 673), Créon la découvre pendue et se rend au Conseil. En vérité, Antigone traverse la pièce comme un fantôme, errant dans une temporalité qui lui est propre. Ainsi, lorsque sa sœur Ismène affirme ne pas vouloir mourir, Antigone, elle, ne peut qu'exprimer un regret au conditionnel passé : « Moi aussi j'aurais bien voulu ne pas mourir. » (p. 635) C'est qu'Antigone, dès lors qu'elle a enfreint la loi de son oncle – dès lors aussi que le mythe préexiste à la pièce –, est déjà morte. Sa pendaison vient seulement concrétiser cet état de fait jusqu'ici virtuel. Et Créon ne dit rien d'autre lorsqu'il s'adresse à Hémon, avant même que son amante soit confinée aux cavernes de Hadès, avant même qu'elle meure : « Antigone nous a déjà quittés tous. » (p. 666)

La dernière ligne droite

Pour Paul Ginestier, l'architecture de la tragédie anouilhienne « se réduit à la ligne droite qui conduit inéluctablement Antigone à son supplice, envers et contre tous, y compris parfois elle-même » (*Anouilh*, p. 70), une ligne droite qui s'inscrit dans le prolongement direct du mythe d'Œdipe, ce père coupable malgré lui de parricide et d'inceste. D'ailleurs, Antigone revendique cette filiation : « Comme mon père, oui ! Nous sommes de ceux qui posent les questions jusqu'au bout » (p. 664), c'est-à-dire jusqu'au supplice et à la mort. Mais, chez Jean Anouilh, comme les temps s'enchevêtrent, la « ligne » qui conduit Antigone vers son sort macabre ne devient « droite » que dès lors que la pièce s'ingénie à défaire la pliure du temps, c'est-à-dire à restaurer un ordre chronologique après l'intervention du Prologue. C'est là le rôle qu'Anouilh confère à la machine tragique, telle que la décrit le chœur dans une longue tirade qui articule les deux pans de la pièce :

« Et voilà. Maintenant le ressort est bandé. Cela n'a plus qu'à se dérouler tout seul. C'est cela qui est commode dans la tragédie, on donne le petit coup de pouce pour que cela démarre, rien, un regard pendant une seconde à une fille qui passe et lève les bras dans la rue, une envie d'honneur un beau matin, au réveil, comme de quelque chose qui se mange, une question de trop qu'on se pose un soir... C'est tout. Après, on n'a plus qu'à laisser faire. On est tranquille. Cela roule tout seul. » (p. 647)

Antigone c'est la machine tragique à l'œuvre, c'est l'histoire de la fille d'Œdipe, d'abord condensée et exposée par le Prologue, avant que la pièce ne vienne la dérouler pleinement sur le modèle du ressort. Mécaniquement et implacablement. Car plus rien ne fait obstacle à l'accomplissement du sort tragique : ni les actes et entractes qui découpent d'ordinaire la représentation – la pièce d'Anouilh est constituée d'un seul bloc – ni, surtout, les proches d'Antigone. Un à un, elle les écarte de son chemin : la nourrice, Ismène, Hémon puis Créon qui, un seul instant, la fait douter. Mais Antigone marche vers la mort et, tout autour d'elle, les autres s'agitent vainement pour la freiner. Elle s'arrête seulement çà et là pour souffler un moment avant de reprendre sa route. Ainsi, son corps accablé trouve toujours une assise pour se reposer, une chaise comme une étape sur son chemin de croix : de fait, elle est assise après avoir successivement débouté sa nourrice (p. 634), Ismène (p. 638), puis Hémon (p. 643) ; assise encore devant Créon (p. 656) et enfin face au garde Jonas (p. 668). Mais toujours elle se relève, sans jamais dévier de sa trajectoire jusqu'à atteindre l'aboutissement de son parcours.

LA RÉCEPTION D'*ANTIGONE*

SUCCÈS PUBLIC ET RECONNAISSANCE CRITIQUE

La première d'*Antigone* a lieu le 13 février 1944, au théâtre de l'Atelier. Au terme de la représentation, le mutisme prolongé de la salle suscite la vive inquiétude des acteurs, de l'auteur et du metteur en scène. Et puis, soudain, le verdict tombe : « Au bout de ce long silence, ce fut un déchaînement de cris, de bravos, pendant plus de dix bonnes minutes – personne ne songeait plus à quitter la salle – seule l'heure du dernier métro, inexorable, dispersa l'assemblée. » (ANOUILH (Jean), *La vicomtesse d'Éristal n'a pas reçu son balai mécanique*, p. 163-166) André Barsacq peut respirer. Désormais, le public va venir en nombre à chaque représentation et, chaque soir, reconduire le succès de la pièce. Dans ce contexte où l'angoisse des exécutions se dispute aux espoirs de libération, les spectateurs n'ont d'yeux que pour Antigone, l'héroïne révoltée de Jean Anouilh. C'est que « l'esprit de résistance s'est reconnu en elle », commente Simone Fraisse (*Le mythe d'Antigone*, Paris, Armand Colin, 1974, p. 121). Jusqu'au mois d'août ont lieu pas moins de 105 représentations. À cette date, les séances sont suspendues dans l'attente de la Libération.

Au cours de cette période, la critique a rarement démenti l'enthousiasme du public. Dès le mois de février, qualifiée de « chef-d'œuvre sans équivalent » (SAUVENAY (Jean), *Hier et Demain*, n° 9, 1944), la pièce est bombardée au rang d'événement théâtral de l'année. Sont loués le renouvellement du mythe antique, le choix des décors et des costumes ou encore la performance des acteurs – Jean Davy (1911-2001) dans le rôle de Créon et, surtout, Monelle Valentin, inspiratrice et brillante interprète d'Antigone : « Avec son visage de souffrance et sa sensibilité maladive, elle réalise intégralement le personnage », commente ainsi Charles Méré (*Aujourd'hui*, février 1944). Dès les premières représentations, d'aucuns n'hésitent pas à élever Jean Anouilh au panthéon du théâtre français, tel Olivier Quéant : « Depuis Racine, l'on n'avait rien écrit d'aussi beau, d'aussi grand et d'aussi profondément humain. » (*L'Illustration*, avril 1944) Dès lors, le 22 février, lorsqu'il écrit n'avoir jamais « assisté à un spectacle aussi pénible, aussi cruellement ridicule et vide de sens », Roland Purnal fait figure d'exception (*Comœdia*, février 1944). Pourtant, en septembre 1944, la reprise d'*Antigone* déclenche la polémique.

LA POLÉMIQUE

Dès juin 1940 et la déroute de l'armée française, les débuts de l'Occupation allemande, au nord, et l'installation du régime de Vichy, au sud, bouleversent le visage des médias. Tandis que prospère en surface une presse collaborationniste, les publications clandestines se multiplient : *Combat*, *Défense de la France*, *La Voix du Nord*, *Le Franc-Tireur*, *Les Lettres françaises*, etc. C'est en mars 1944 que dans l'une de ces parutions la lecture circonstancielle de Claude Roy (1915-1997), écrivain engagé dans la Résistance, adhérent du Parti communiste, s'attaque à *Antigone* :

> « Entre Créon et Antigone s'établit un accord parfait, une trouble connivence [...]. L'accent désespéré de l'*Antigone* de Jean Anouilh risque de séduire certains dans ce temps où il s'élève, au temps du mépris et du désespoir. Mais il y a dans le désespoir et dans le refus, et dans l'anarchisme sentimental et total d'un Anouilh et de ses frères d'armes et d'esprit, le germe de périls infiniment graves... À force de se complaire dans le "désespoir" et le sentiment de tout, de l'inanité et de l'absurdité du monde, on en vient à accepter, souhaiter, acclamer la première poigne venue. » (*Les Lettres françaises*, mars 1944)

Dès lors, le soupçon de la collaboration, de la « trouble connivence », pèse sur Jean Anouilh et sur son œuvre. Or, le 29 septembre 1944, date de la reprise au théâtre de l'Atelier, les organes de presse interdits sous l'Occupation – notamment communistes – ont commencé à reparaître. Certains critiques vont alors s'engouffrer dans la voie ouverte, des mois auparavant, par Claude Roy. C'est le cas de Pol Gaillard dans le journal *L'Humanité* : « *Antigone* restera dans l'œuvre de M. Anouilh, non seulement un faux chef-d'œuvre, mais une mauvaise action. » (*L'Humanité*, 12 octobre 1944) De fait, sous les traits de Créon, garant de l'ordre établi, cette frange de la critique croit identifier l'une ou l'autre figure majeure de la collaboration : le maréchal Pétain, Pierre Laval (homme politique, 1883-1945) ou encore Joseph Darnand (homme politique, 1897-1945). De même, sous les cirés de couleur noire des gardes, elle pense reconnaître la Milice ou bien la Gestapo.

Dans le même temps, pour d'autres, bien au contraire, « la pièce exaltait l'opposition à un pouvoir tyrannique en même temps que le devoir de désobéissance, et faisait l'éloge des "résistants" dont Antigone devenait le porte-drapeau » (Frois (Étienne), *Anouilh*, p. 65). Pierre Benard, par exemple, dans *Le Front national*, désavoue « ses amis » résistants et décèle plutôt dans *Antigone* « un accent antifascite » (*Le Front national*, septembre 1944). Ainsi, la pièce paye son ambiguïté. Jean Anouilh, à qui la dimension politique de l'œuvre semble avoir parfois échappé, est lui-même incapable de choisir son camp : « Quand on me demande de quel côté j'étais, d'Antigone ou de Créon, je suis incapable de répondre. » (*The Times*, janvier 1976) Dès lors, la suspicion va longtemps continuer à peser sur son œuvre – particulièrement en 1956, avec la création de *Pauvre Bitos ou le Dîner de têtes* – et ce, peut-être, jusqu'à aujourd'hui encore : « Son attitude, ses prises de positions politiques lui ont valu d'être pris en grippe par la critique de son temps et ont forgé une réputation qui le suit encore aujourd'hui », constate Élisabeth Le Corre (*Jean Anouilh, artisan du théâtre*, p. 12).

UN « CLASSIQUE »

Avant la guerre, Jean Anouilh jouissait déjà d'un rayonnement international mais, avec *Antigone*, il compose sa pièce la plus lue, la plus jouée et plus la rééditée. En 1945, elle a été interprétée dans la mise en scène du grand cinéaste italien Luchino Visconti (1906-1976) et, quatre ans plus tard, elle est créée à Londres avec les stars hollywoodiennes Laurence Olivier (1907-1989) et Vivienne Leigh (1913-1967), dans le rôle-titre. D'une manière générale, depuis 1944, la pièce rencontre un franc succès un peu partout dans le monde : à Bruxelles, à New York, à Montréal, au Caire, etc. En France, les collégiens et lycéens étudient l'œuvre depuis des décennies, au risque de faire de Jean Anouilh l'homme d'une seule pièce. D'ailleurs, s'il ne pouvait imaginer son succès au moment de sa création, le dramaturge a rapidement observé combien son œuvre avait pu acquérir le statut de « classique » et de succès de librairie :

> « [...] Nul ne pouvait penser que, grâce aux professeurs (toujours à la recherche de sujets de devoir) et grâce à des générations d'écoliers qui n'en allaient plus finir (pour ma honte et leur malheur) de la comparer jusqu'à la fin des temps à celle de Sophocle, afin de perpétuer le souvenir de mon impudence [...] cette petite fille ingrate et déjà puante comme Mai 68, allait donner [...] un succès de librairie en apparence inépuisable. » (ANOUILH (Jean), « Histoire morale », in *Cahiers*, Paris, La Table Ronde, 1974)

BIBLIOGRAPHIE

SOURCES BIBLIOGRAPHIQUES

- AMBROSI (Arlette et Christian) et GALLOUX (Bernadette), *La France de 1870 à nos jours*, Paris, Armand Colin, 2007.
- BARTHES (Roland), *Œuvres complètes. Tome I*, Paris, Seuil, 2002.
- BARUT (Benoît) et LE CORRE (Élisabeth) (dir.), *Jean Anouilh. Artisan du théâtre*, Rennes, Presses universitaires de Rennes, 2013.
- BEUGNOT (Bernard) (éd.), *Théâtre. Tome 1*, Paris, Bibliothèque de la Pléiade, Gallimard, 2007.
- BLANCART-CASSOU (Jacqueline), *Jean Anouilh : les jeux d'un pessimiste*, Aix-en-Provence, Publications de l'Université de Provence, 2007.
- BLANCART-CASSOU (Jacqueline), « Temps et lieux dans le théâtre de Jean Anouilh », in *Revue d'histoire littéraire de la France*, Presses universitaires de France, vol. 110, n° 4, 2010, p. 791-801.
- BRUNEL (Pierre) (dir.), *Dictionnaire des mythes littéraires*, Monaco, Éditions du Rocher, 1994.
- FROIS (Étienne), *Antigone. Anouilh*, Paris, Hatier, 1972.
- GINESTIER (Paul), *Anouilh*, Paris, Seghers, 1969.
- GUÉRIN (Jeanyves), « Pour une lecture politique de l'*Antigone* de Jean Anouilh », in *Études littéraires*, vol. 41, n° 1, 2010, p. 93-104.
- GUÉRIN (Jeanyves), « Fortunes et infortunes d'un auteur heureux », in *Revue d'histoire littéraire de la France*, Presses universitaires de France, vol. 110, n° 4, 2010, p. 771-775.
- LIOURE (Michel), *Lire le théâtre moderne. De Claudel à Ionesco*, Paris, Dunod, 1998.
- MERCIER (Christophe), *Pour saluer Jean Anouilh*, Paris, Éditions Bartillat, 1995.
- SOPHOCLE, *Antigone*, Paris, Les Éditions de Minuit, 1999.

- VANDROMME (Pol), *Jean Anouilh. Un auteur et ses personnages*, Paris, La Table Ronde, 1965.
- VIER (Jacques), *Le théâtre de Jean Anouilh*, Paris, Société d'édition d'enseignement supérieur, 1976.

SOURCES COMPLÉMENTAIRES

- ANOUILH (Jean), *La vicomtesse d'Éristal n'a pas reçu son balai mécanique. Souvenirs d'un jeune homme*, Paris, La Table Ronde, 1987.
- ANOUILH (Caroline), *Drôle de père*, Paris, Michel Lafon, 1990.
- BEUGNOT (Bernard), *Les critiques de notre temps et Anouilh*, Garnier Frères, 1977.
- BEUGNOT (Bernard) (dir.), « Anouilh aujourd'hui », in *Études littéraires*, vol. 41, n° 1, 2010.
- BLANCART-CASSOU (Jacqueline), *Anouilh*, Grez-sur-Loing, Pardès, 2014.
- COMMINGES (Elie de), *Anouilh, littérature et politique*, Paris, A. G. Nizet, 1977.
- ÉVRARD (Franck), Antigone *de Jean Anouilh*, Paris, Bertrand Lacoste, 2001.
- FRAISSE (Simone), *Le mythe d'Antigone*, Paris, Armand Colin, 1974.
- GUÉRIN (Jeanyves), *Le théâtre en France de 1914 à 1950*, Paris, Honoré Champion, 2007.
- HUNWICK (Andrew), « Tragédie et dramaturgie : les ambiguïtés dans l'*Antigone* d'Anouilh », in *Revue d'histoire littéraire de la France*, n° 2, 1996, p. 290-312.
- PLAINEMAISON (Jacques), « Jean Anouilh et le mythe d'Antigone », in *Revue d'histoire du théâtre*, n° 1, 1971, p. 37-54.
- STEINER (George), *Les Antigones*, Paris, Gallimard, 1984.

SOURCE ICONOGRAPHIQUE

- *Antigone au chevet de Polynice*, tableau de Benjamin Constant, 1868. La photo reproduite est réputée libre de droits.

- 47 -

Éditeur responsable : Lemaitre Publishing
Avenue de la Couronne 382 | B-1050 Bruxelles
info@lemaitre-editions.com

ISBN ebook : 978-2-8062-6595-1
ISBN papier : 978-2-8062-7695-7
Dépôt légal : D/2016/12603/92